Odi

Achille Monti

Odi

Achille Monti

Firenze, 12 aprile 1856

coscienza fusca
O della propria o dell'altrui vergogna
Pur sentirà la tua parola brusca.
DANTE. Par. Canto XVII.

L'ASILO.°

Ode Proemiale.

O terreno felice,
O lieti etruschi colli,

Alfin tra voi mi lice
Spirar quest'aure molli;
Al guardo mio t'estolli
Di torri coronata,
O Fiorenza beata!

Salve, città gentile,
Madre d'eletti ingegni,
Su cui perenne aprile
Par che sorrida e regni:
Da te non si disdegni
Quest'umile tributo
D'un italo saluto!

Nè disdegnare il verso
Cui l'estro a me spirava:
Se non è colto e terso,
Libero lo dettava
Un'anima non schiava
Che onori a sè non prega,
Nè a superbi si piega.

Nato sopra i latini
Colli temuti un giorno,
I fatti alti, divini
Degli avi io m'ebbi a scorno,
Perchè volgendo intorno
Lo sguardo addolorato,
Tutto mirai cangiato.

Inutili i nepoti
De' Fabi e Cincinnati
In lenti uomini ignoti
Io vidi tralignati;
Vidi inchinarsi i vati
Con la venduta lode
Al potere, alla frode.

Sì turpe vista il pianto
Mi richiamò sul ciglio,
Levar severo un canto
Stimai saggio consiglio;
Ma con fiero cipiglio
Guatarono i potenti
I miei carmi pungenti.

Al cantico verace
Voller chiusa la via,
E lo chiamaro audace,
E lo chiamâr follia,
E innanzi a me sparia
L'arduo sentier di luce
Che alla gloria conduce.

Tacqui dolente invano
Per l'ingegno avvilito,
Tremar sentii la mano,
Fu l'estro in me sopito;
Or se risorgo ardito
M'accende, m'avvalora
La sospirata Flora.

Tu delle muse nido
Sollevi i miei pensieri;
Odo, m'infiamma il grido
Del profugo Alighieri,
Che per i sensi austeri
Dannato a dura sorte
Mai non curvossi al forte.

Io pure il ver non celo.
E la fortuna sprezzo,
Il core aperto svelo
A non mentire avvezzo:
Pago sarei se a prezzo
De' mici sdegnosi carmi
Giungessi ad eternarmi.

Altri temente aspiri
A la regal corona;
Cagion de' miei sospiri
È 'l lauro d'Elicona:
Dolce la fama suona
Di generoso vate
All'anime bennate.

Ode I.

IL VERO.

Al dio possente, all'oro

Che grato al vulgo splende,
L'alto febéo lavoro
Talor s'umilia e vende:
Adulatrici muse
A tal viltà son use.

Non io che abborro aperto
L'ignoranza potente,
Non io che plaudo al merto
Che povero e languente
Spesso dimanda un pane
Con le querele vane.

Pêra chi 'n ricco avvolto
Sibaritico manto
Giammai non bagna il volto
D'affettüoso pianto,
E levando la testa
I miseri calpesta.

Pêra chi sol dal padre
Retaggio d'auro s'ebbe,
E con le mani ladre
Le ree dovizie accrebbe,
Mentre il tapin si dole
Per la digiuna prole.

Mentre la verginella,
Semplicetta e pudica,
Ei del rossor suggella
Che si lava a fatica,
Mentre alla madre in petto
Versa affanno e dispetto.

Cetra, rimosso il velo,
Ogni timor discaccia;
Alza il tuo canto a cielo,
Ed ai potenti in faccia
Sostenitor del vero
Leva il grido severo.

Nè cágliati se il mondo
A un cenno lor si prostra;
Del tuo disdegno il pondo
Gravi sull'età nostra,

Che svergognata e trista
Solo i buoni contrista.

Ne' tetti ove ignorato
Il cittadino ha stanza,
Inoltrasi 'l beato
Per redata sostanza,
A cui balena in viso
Insultator sorriso.

E con volto procace,
Con menzogneri accenti,
Rapir tenta la pace
A due cori innocenti
Che aggiunti erano insieme
Da vereconda speme:

Per poi narrar con vanti
Il trionfo codardo,
E su i traditi amanti
Vôlto il maligno sguardo
Schernir gli amari danni
De' meditati inganni.

Fiamma d'onor non ferve
Entro quel petto mai;
Pur con voci proterve
Spesso dal vile udrai,
Nova colpa, lodata
La virtù profanata.

Cetra, sia modo all'ire,
Al generoso sdegno;
Non s'abbellì al tuo dire
Chi de' tuoi detti è indegno:
È vana la rampogna
A chi non ha vergogna.

Ma non t'asconder, cetra
Di tua ragione altera;
I rozzi cori spetra
Della mondana schiera;
Di' che i carmi non vendi,
Che ad adular non scendi.

Sei libera, sii forte:

Un pane a me non manca;
A me terror di morte
La guancia non imbianca:
Vivo negletto, oscuro,
Ma l'empia età non curo.

Ode II.

LA GLORIA.

Un pensier generoso
Talor m'impenna al tardo ingegno l'ali,
E lo toglie di terra ove sdegnoso
Di sua fralezza giace: agl'immortali
Gioghi di Pindo alzo la mente, e parmi
Scioglier divini carmi.

D'un lieto verde eterno
Ridon quelle pendici, e vi germoglia
L'arbor vittorïosa avuta a scherno
Da chi posta ha nel fango ogni sua voglia.
Da chi di mal s'adorna, o i dì consuma
In ozïosa piuma.

Mille spirti beati,
Che già posâr sull'ardue cime i vanni,
Erran fra l'erbe e i fiori e gli odorati
Densi laureti che non temon d'anni:
Suonan canti soavi, un'aura dolce
L'alma serena e molce.

Maravigliando affiso
Il fortunato stuolo, e ad un bel lauro
Stendo l'avida man; ma ratto il viso
Bieco vólgonmi i vati, e quel tesauro
Che li fa paghi, e me di brama accende,
Da lor mi si contende.

Io di rossor mi tingo
Alla giusta repulsa, e in un baleno
La visïon dispare; ermo, solingo
Rimane il loco, ogni splendor vien meno;
Perdo la speme dell'altezza, e sento
Mesto il core, il piè lento.

Voi che drizzaste il collo
Per tempo all'alta fronde ove 'l disio
D'onor che vi pungea feste satollo,
Voi nel cui petto suscitava un Dio
Superna fiamma inspiratrice, e vanto
Otteneste nel canto;

O voi felici! sprezzi
La turba rea, che al vero ha l'occhio losco,
Vostra dovizia ignota, e intenda a' vezzi
Di bene a veder dolce, a provar tòsco:
Splende fra l'ombre dell'età selvaggia
La luce che v'irraggia.

Tutto è fugace in terra,
Ma non quel grido che di voi ragiona:
Strugge l'umane cose orribil guerra,
E 'l nome vostro ognor più grande suona:
Sul vostro avello il tempo orma non lassa,
Ma gli s'inchina e passa.

Di vigile lucerna
Spesso al chiaror m'assillo allor che tace
Tutto d'intorno, e con vicenda alterna
Dà la notte al mortal riposo e pace;
E nelle vostre carte inteso il guardo,
Or fremo, or gelo, or ardo.

Odo il suon delle pugne,
Raccapriccio in mirar di sangue un rivo,
Delle madri 'l lamento al cor mi giugne:
M'alletta un lieto canto, un dì festivo.
Una cara memoria, una pietosa
Donzelletta amorosa.

Come seguirvi? il lampo
Chi mi darà che vi traluce in volto?
A che d'affetti glorïosi avvampo?
A che la vostra eterna voce ascolto?
Per me non fa metter le vele ardito,
In pelago infinito.

Umil fragile canna
Col tenue stelo invan dell'elce antica
Il saldo tronco d'emular s'affanna;

Augel palustre indarno s'affatica
Se dell'aquila al par lunge dal suolo
Spiegar s'attenta il volo.

Ode III.

LA VIRTÙ.

Bella figlia del cielo,
Virtù, conforto nel terreno esiglio,
Sgombra la faccia tua del mesto velo,
Apri le tue bellezze a mortal ciglio,
A chi nel vizio assonna
Móstrati alfine vincitrice e donna.

Vedi quanta ruina
Menan fra noi le colpe or che perversa
Scôla alla terra le nostr'alme inchina:
Mira, d'amare lacrime cospersa
Gente infinita chiama
Il dolce imperio tuo, te inchina ed ama.

Di sole incoronata,
Alteramente onesta, in aureo ammanto
Sorgi, diva immortale, e fa beata
La schiera tua che si discioglie in pianto;
Il fulgor del tuo viso
Cangi i nostri lamenti in un sorriso.

Solea l'antica etate
Offerir serti non caduchi al grande
Che splendeva per degne opre onorate:
Or si gittano invano le ghirlande,
E chi virtù non cura
Il censo accresce, e 'l premio a' giusti fura.

Salir non speri in grido
Nel mondo errante che valor non prezza,
Chi fama intera cerca, e il patrio nido
Levar s'attenta a gloriösa altezza,
Chi co' detti e con l'opra
A difesa del ver l'ingegno adopra.

Fatto a' bruti compagno
Altri al diletto della carne intende;

Talun si volge a súbito guadagno;
Altri nel fôro le menzogne vende;
Altri l'ascoso fele
Sparge, e suscita l'ire e le querele.

Fortuna amica agli empi
Provvedimenti, al secol molle e guasto,
Sparge per tutto i maledetti esempi
Corrompitori d'ogni cor più casto;
Nè val triplice usbergo,
Chè il mal si cela e ne ferisce a tergo.

Il reo di gemme onusto
Superbamente incede, e il buon tremante
Mendicando sua vita a frusto a frusto,
Dell'iniquo oppressor bacia le piante;
A lui con umil faccia
Stende (crudo a veder!) le scarne braccia.

Bella virtù, risorgi
Trionfatrice dell'età codarda,
Per man ne piglia e al tempio tuo ne scorgi.
Non sia l'aita a chi t'invoca tarda:
Sperdi la schiatta imbelle
Giammai non usa a riguardar le stelle.

Come anzi alla nemica
Luce veggiam le insidïose belve
Fuggir tremanti alla caverna antica
E riparar nelle natie lor selve,
A un guardo tuo severo
Dileguato l'error, lampeggi 'l vero.

Io su libera cetra
(Se non isdegni i poveri miei canti)
Tesserò le tue lodi, e infino all'etra
S'udran sonare i tuoi celesti vanti:
Se il gran pensiero incarno,
La vita mia non avrò spesa indarno.

Ode IV.

LA NOTTE.

Già della mesta notte

Diffuso è 'l casto velo;
Lor vie non interrotte
Compiono gli astri in cielo;
Olezza un'aura pura
Che allieta la natura.

Fiso nel raggio amico
Della ridente luna,
Rammento il tempo antico,
E sprezzo la fortuna,
Che volubile scherza,
E sempre i buoni sferza.

Rivolgo il passo errante
Fra le grandi ruine,
D'onde spiccâr le piante
Già l'aquile latine;
Il fôro ammiro e gli archi
D'opime spoglie carchi.

Ma mentre l'ore io spendo
Nel tacito vïaggio,
E l'estro ai canti accendo,
V'ha chi di me più saggio
Al lume dei doppieri
Veglia in ozi e in piaceri.

Nelle dorate sale,
Sede già d'avi illustri,
La cui gloria risale
A' più remoti lustri,
Snello talun s'avanza
Fra i canti e fra la danza.

E deposto il cipiglio
Che con la plebe assume,
Fa lusinghiero il ciglio,
Ed espugnar presume
Di facile bellezza
La simulata asprezza.

A che stancar l'ingegno
Nelle sudate carte
Or che sol auro ha regno
E gli onori comparte?

Meglio è 'l forzier capace
Empier con man rapace.

Qui dove impera il gioco
E la letizia e 'l riso.
Non giugne il gemer fioco
Del poverel che, assiso
A vil desco sprovvisto,
Pianger talor fu visto.

Dunque si goda, e intanto
Si faccia plauso al merto
Di chi temprando un canto
Colse scenico serto
Del sospirato alloro
Di vati e re decoro.

Qui a piena man si versa
Largo nembo di fiori,
Di che vedi cospersa
La vezzosetta Clori,
Perchè con agil piede
Rapido l'aura fiede.

Qui raccolta si mira
La gioventù bennata,
Che freme, che sospira,
E stassi trasognata
Mirando il vago e destro
Volubil piè maestro.

E qui di carmi eletti
S'intesse una corona,
Che loda i muti affetti,
La tornita persona,
L'ôr, l'avorio, i cinabri
Del crin, del sen, de' labri.

Così del bel paese
La fama oggi s'eterna;
Con sì leggiadre imprese
Si regge e si governa
D'Italia mia la grave
E combattuta nave.

Son nella tomba scesi

I più sovrani ingegni;
Niuno a cantar li ha presi
Quasi di laude indegni....
V'ha têmi or più sublimi:
Le cantatrici e i mimi.

Ode V.

LA PATRIA.

Santo di patria amore
Che a degne peste accende,
Non cape in basso core
Ch'ad empie voglie, ad avarizia intende;
Arde ne' forti petti,
E li dischiude a generosi affetti.

Chi d'onorate imprese
Non sente amor nell'alma,
Chi fugge le contese
Ove si merca glorïosa palma,
Invan con falso grido
Assorda l'aure e loda il patrio nido.

Ama la natia terra
Chi, stretto in pugno un brando,
Muove a' nemici guerra
Che di lei fanno scempio miserando,
E con nobile ardire
Sa vincere per quella o sa morire.

L'ama chi, cinto il crine
Del trionfale alloro,
De' tempi oltre 'l confine
Manda chiaro poetico lavoro,
O con volumi eterni
Della maligna età vince gli scherni.

L'ama chi 'ntatta serva
Religïone e fede,
Chi con mente proterva
O con chiuso livor che losco vede
Al giudicar non corre,
Chi da menzogna adulatrice abborre.

Del vero io vate amico,
Al vero il canto sciolgo;
Se al casto tempo antico,
alle prische virtù lo sguardo volgo,
Dipinto di vergogna
Levo liberamente una rampogna.

A che vantiam codardi
Santo di patria affetto,
Se cupidi gli sguardi
Drizziam solo a guadagno ed a diletto?
Se nell'età ribalda
I nostri petti la virtù non scalda?

Con l'opra, col consiglio,
Con non timida voce
Mostri d'Italia il figlio
Quel che giova a' fratelli e quel che nuoce;
Per chiare opre risplenda;
A patteggiar co' rei mai non discenda.

Cerchiam verace lode.
Non vanità che passa;
Sveliam l'ascosa frode;
Spegnam d'invidia che le menti abbassa
L'abominato seme;
Tergiamo il pianto al poverel che geme.

Così del suol natale
Farem la gloria eterna,
Fin che spiegate l'ale
Agili spirti a la città superna,
Vivranno i nostri esempi
Conforto ai buoni e vitupero agli empi.

Ode VI.

IL LUSSO.

Il fulgido diamante.
Qual rugiadosa stilla.
Nel crine all'aure errante
Or si cela ed or tremulo sfavilla;

Luce nel giovin petto

Orïental zaffiro;
Con artificio eletto
Tinto è il vel ne la porpora di Tiro.

O tu chi sei che altera
Di pompe e di bellezza,
Sorridi lusinghiera
A chi del cor la libertà non prezza?

Perchè di molli fiori,
O donna, t'inghirlandi?
Perchè vani tesori
In tanta copia di profumi spandi?

Cessa, crudel; per fame
Casca una madre esangue:
Ahi d'orfanelle grame
Schiera innocente abbandonata langue!

Di gemiti, di pianto
L' aër rimbomba intorno;
E tu felice intanto
Meni i giorni in delizie! E non hai scorno?

Oh folle, oh da spietate
Tigri nato chi primo
Spense le temperate
Brame, e d'oro coprì l'umano limo!

Chi di ragion la voce
Sprezzando e 'l mite impero,
In noi destò feroce
Disio dominator d'ogni pensiero!

Disio che i cori, avvezzi
Ad alti affetti, snerva,
E con femminei vezzi
L'anima a terra prostra e la fa serva!

Da' cari studi fugge,
Da la modesta vita
La giovinezza, e strugge
L'aver nel fasto reo che a sè l'invita.

Alle crescenti voglie
Esca novella cerca,

A' figli 'l pane toglie
Malvagio padre ch'empi onori merca.

Fogge straniere agogna
La vergine matura,
E, rotto di vergogna
Il santo freno, la sua fama oscura.

Schiava all'uso tiranno
Che vitupero chiede,
Spesso la moglie inganno
Ordisce a quello cui giurò sua fede;

E i simulati aspetti,
Su cui languir le rose,
I mal repressi affetti
Svelano, e l'ire lungamente ascose.

Oimè! l'amabil raggio
Di virtute verace
Fa col suo lume oltraggio
A chi dell'ombre e dell'error si piace.

Or più non odi verso
Che nostre colpe morda;
Labbro di mêle asperso
Diletta, e suon d'adulatrice corda.

Dunque al secolo vile
S'inchini 'l vate, o taccia....
No: cantico servile
Nè per biasmo alzerò nè per minaccia.

Mai non sarà ch'io canti
L'uom che innanella il crine:
Questi non furo i vanti
Delle antiche severe alme latine.

Così non vide Roma
I duci in Campidoglio
Quando d'allôr la chioma
Cinta, s'assise vincitrice in soglio.

Ode VII.

LA SOLITUDINE.

Là nel confin remoto
Del limpido orizzonte,
Ove l'etere immoto
Sembra posar sul monte,
Rapido più che dardo
Drizzo l'avido sguardo;

E l'occhio mio s'imbatte
Nelle sassose creste
Del lontano Soratte,
Che al Sol s'irraggia e veste
Infra gli estivi ardori
Di fulgidi colori.

Là dove l'aura lieta
Scherza con dolce impero.
Per voluttà secreta
S'innalza il mio pensiero:
Ivi aggirarmi agogno
Nelle veglie e nel sogno.

Felice me, se tolto
Del mondo al lezzo impuro,
Di tutte cure sciolto
In umile abituro
Alfin di pace adorni
Menar potessi i giorni!

Già della vampa estiva
È tormentoso il foco,
L'anima fuggitiva
Aspira a un alto loco
Ove zefiro leve
Faccia l'äer men greve.

Sull'alpestre pendio
Di solitari monti
Osan gli uomini a Dio
Levar le meste fronti,
Chè innanzi al divin trono
Tutti fratelli sono.

Ma nella cerchia angusta
Di cittadine mura
La nobiltà vetusta

Leggi, pudor non cura,
E povertate onesta
Non può levar la testa.

Se il sangue tuo discese
Da prosapia lontana,
Se ignobile nol rese
Plebea schiatta villana,
Se il padre o l'avo antico
Fu di remanti amico,

Se nel tuo petto splende
Aurea gemmata croce;
Autorevol si rende
Nella città tua voce,
Ed ogni tuo consiglio
Di sapïenza è figlio.

Tu passi, e 'l capo inchina
Rispettosa la plebe:
Tutti anzi la divina
Tua maestà son zebe,
E beato si crede
Chi può caderti al piede.

Tu, conscio dell'altrui
Cieca vita servile,
Mostri negli atti tui
Alma superba e vile;
A' timidi conigli
Stendi i rapaci artigli.

Tu i sospirati onori
A piena man dispensi
Solo a' devoti cori
Che ti bruciâr gl'incensi,
A chi lusinga e finge,
Nè di rossor si tinge.

Oh! su la turpe scena
Un denso vel si cali:
M'è ribrezzo, m'è pena
Lo svelar a' mortali
Le ascose opre di voi
Che vi credete eroi!

Là del Soratte in vetta
Andrò contento e solo,
Siccome nuvoletta
Che disciogliendo il volo
Lascia per arduo calle
La paludosa valle.

Ode VIII.

LA FELICITÀ.

Non trepida possanza,
Ma virtù salda che perenne dura.
E conforto e speranza
All'uom ch'è segno a' colpi di ventura:
Poichè la vita fugge,
E 'l tempo domator tutto distrugge.

Solo chi alberga in petto
Alma bennata alla dolcezza schiusa
D'ogni gentile affetto,
Delle ricchezze il vil pendo ricusa,
E senza il vano argento
In franca povertà vive contento.

Sull'arche polverose,
Che tanto avara sete ama ed apprezza,
Seggono spaventose
La vigile paura e la dubbiezza;
Al possessor molesta
Sorge la buia notte e lo funesta.

Ma 'l pastorel che posa
D'un arboscello al rezzo o in tetto umile,
Ama la notte ombrosa,
E i dì gl'infiora un sempiterno aprile,
E spensierato accanto
Al fido gregge alza giulivo il canto.

Pêra, pêra chi primo
Per cupidigia lacerò la terra,
E ne sconvolse l'imo,
E, novo seme d'implacabil guerra,
Sparse il metallo infame
Che molte genti fe già viver grame!

Pêra colei che ornato
Prima n'ebbe le vesti, 'l crine, il seno,
E al secol forsennato
Recava in dote il suo mortal veleno,
onde apparì men bella
La semplice natura verginella!

Sul rugiadoso stelo
Cara non è la mammoletta e vaga?
Sotto il purpureo velo
Non fiammeggia la rosa e non appaga?
Forse de' campi figlio
Men candido e gentil si pare il giglio?

Ma invan libero estolle
Il ver sua voce e inesorabil tuona
In questo secol molle,
Che di quercia e d'allôr non s'incorona,
E de' vati gli accenti
Deride il vulgo e ne fan preda i venti.

Un dì, se le mie carte
Tanto vivranno, i posteri remoti
Diran: Con nobil arte
Fece 'l poeta generosi voti,
Nè con mentite lodi
Disse forte il timor, giuste le frodi.

S'armò di stil severo,
Gridò dell'età sua guasto il costume.
Gridò falsato il vero
Dall'ignoranza che sedeva in piume,
Da chi pose in non cale
Le antiche glorie del terren natale.

Ode IX.

LE ARTI.

In questa sacra e generosa terra
Cui fu cortese il ciel d'eterna gloria,
Ogni gleba, ogni sasso in grembo serra
Degna memoria.

Qui lo stranier maravigliato affisa

Gli anfiteatri, le colonne, i templi,
E sculto in essi lo splendor ravvisa
De' prischi esempli.

Invan ne irride, e con beffardo ghigno
Dice cadute le virtù degli avi;
Invan ne chiama, insultator maligno,
Codardi e pravi.

Grandi siam sempre: l'immortal favilla
In noi spenta non è; di nube oscura
Fortuna indarno la copria, scintilla
Nella sventura.

Qui dell'arti 'l gentile, il grande, il bello
Fin dall'età remote han posto il nido:
Con la cetra, co' marmi e col pennello
Levammo il grido.

Ma chi, dolce mia terra, oh! chi ti spoglia,
E le dovizie avite a noi contende?
Chi tuo retaggio per ingorda voglia
Disperde e vende?

Tanto può nostra cupidigia? I petti
Più non stringe l'amor del natio loco?
Già langue in noi de' più soavi affetti
Il santo foco?

Cigolan carri, e sul ceruleo piano
Spiegan agile il volo estranie prue....
Italia, e che? cedi a nemica mano
Le glorie tue?

Dunque i sacri tuoi pegni a te rapiti
Saran per sempre, e dell'indegne prede
Superbo andrà ne' più lontani liti
Barbaro erede?

Dunque, patria infelice, or più non prezzi
Le tue memorie? Oh vitupero! Oh scorno!
Eppur tuoi figli a tanta ignavia avvezzi
Non furo un giorno!

Giugneano a te da le suggette prode
Del felice orïente ampi tesori:

Non pur fecondi di guerriera lode
T'eran gli allori.

Deposto il brando, in te dell'arti 'l regno
Surse, e del nome l'universo empisti;
Mille prodigi dell'ausonio ingegno
In te fûr visti.

A te correan come a maestra e donna
I popoli devoti, e salutata
Del bello eri e del ver salda colonna,
Madre beata.

Tornò la gloria in onta; e tu smarrita
Del corso tuo, segui ingannevol lume:
Risorgi, al mondo le tue leggi addita,
E 'l tuo costume.

Ma tu, folle, non m'odi; a ben fallace
La mano usata alle vittorie stendi?
Via, se ricchezza più che onor ti piace,
Te stessa vendi!

Ode X.

LA VITA CAMPESTRE.

Aure soavi e liete,
Che su' placidi colli
L'agil ala movete
Tutte olezzanti e molli,
Temprate almen per poco
De' giorni estivi 'l foco.

Sul basso aer pesante
Della città gravosa
L'alto sole fiammante
Quasi re si riposa:
Qui venticel non spira,
Ma Libeccio s'adira.

Meglio è vagar su i poggi
Che al Tebro fan corona,
Fra i rusticani alloggi
Ove spesso risuona

Il canto de le belle
Gagliarde villanelle,

Che baldanzose in giro
Sciolgon semplice danza,
Mentre un caldo desiro,
Un'accesa speranza
Appar sul volto adusto
Dell'arator robusto.

Là intorno ad umil desco
Dolce è seder raccolti
All'aër puro e fresco,
D'ogni aspra cura sciolti,
Tuffando ne' bicchieri
I molesti pensieri.

E quando il sol si cala
Dietro i monti lontani,
E tace la cicala,
Desto il latrar de' cani,
M'è grato a rozzi suoni
Sposar rozze canzoni.

O tranquilli soggiorni
Di libertarie agreste,
Fra voi scorrono i giorni
Cinti di rosea veste;
Per voi solo gradita
Può chiamarsi la vita!

Qui non ti vedi a fianco
Il nobile superbo,
Torbido in viso e bianco,
Alteramente acerbo;
Qui non t'è d'uopo il labbro
Far di menzogne fabbro.

Ignota è qui la scala
Degl'iterati inchini;
Il pane non s'invola
A innocenti e tapini,
E sol si maledice
All'ignavia felice.

Fra voi la lira mia

A non mentire apprese;
Fra voi calcai la via
Delle onorate imprese,
Ed ebbi 'l vizio a sdegno
Indomabile ingegno.

So ch'ai potenti è dato
Il dispensar favori:
Me non fanno beato
I lor bugiardi onori:
Non m'è legge il bisogno,
Solo alla fama agogno.

Lungi dagli aurei tetti
Io mi vivrò più lieto;
Lodator non m'aspetti
Chi, con empio divieto,
Chiude le dure porte
All'uom ch'è in umil sorte.

Su le verdi pendici,
Fra i rigogliosi tralci
Menerò dì felici:
Gli orni, le quercie, i salci
Daranno alla mia testa
Un'ombra non funesta.

Sarà del plettro mio
Libero il suon, giulivo;
E coprirò d'oblio
Chi, di virtude schivo,
A stupido signore
Vende pace e pudore.

Ode XI.

LA SPERANZA.

No; fin che stolti e tralignati i figli
D'Italia fuggiran gl'itali amplessi;
Fin che a pravi consigli
Apriranno le menti, e allo straniero
Prostrati sempre, tradiran sè stessi,
Non fia risorga il lor vetusto impero.

Al Vaticano, al Campidoglio vôlti
Non han gli sguardi, e di memorie antiche
Parlar più non ascolti
L'itale madri a vane fogge intese:
Troppe son l'alme del valor nemiche,
D'ozio pasciute, d'avarizia offese.

Del trïonfale Tebro, ecco, deserto
Lasciano il lido, e sull'estrania Senna
Cercan lurido serto
I nostri ingegni: omai le glorie avite
Non rammenta fra noi lingua nè penna;
Son le nostre corone inaridite.

Diva religïon che sola infrena
I ribellanti affetti, e schiude il varco
Alla vita serena
Che mai non pêre ed ogni gaudio avanza,
Giace in oblío: molti, diritto l'arco
A ben caduco, in lui pongon fidanza.

E il primo seggio sospiriamo? ed alto
Sciogliam querele, ed alla ria fortuna
Che ognor ne move assalto
Da noi s'impreca? E non è nostra colpa
Se siam caduti al basso, e se ciascuna
Gente fra noi vie più di ben si spolpa?

Guasti, divisi, di conforto cassi,
Perchè le voglie non drizziamo alfine,
E non volgiamo i passi
Sul cammino che solo adduce a gloria?
Spente son dunque le virtù latine?
Muta è la voce della prisca istoria?

Un dì vedemmo il cittadin contento
A parca mensa, ad ignorato ostello;
L'ambizïoso argento
Non era fatto dio, ma brame umíli
Ne albergavano in seno, ed era bello
Morire innanzi che mostrarsi vili.

Del comun bene amanti, in noi tacea
Ogni privato affetto: a' sommi onori
Solo allor non giugnea

Chi gía d'un nome o di dovizie adorno;
Ardea la patria carità ne' cori,
Non era ancor la povertate scorno.

Ed or che luce folgorò sincera
Dalla divina legge, or fatti ciechi
Noi quell'età primiera
Ad emular noi divenimmo inetti!
In noi stessi volgiamo i ferri, e biechi
D'ira ci trafiggiam l'un l'altro i petti!

Or via, della discordia il tristo seme
Lontan si getti, e mirinsi una volta
Tutte congiunte insieme
Per la legge d'amor l'ausonie genti:
Sia tanta infamia al bel paese tolta,
Sieno tanti odi cittadini spenti!

Dell'armi al grido un giorno impetüosi,
Come lïoni cui la preda incita,
Uscian d'ozio sdegnosi
I guerrier nostri in campo: udia la terra
Il suon della minaccia, e impaurita
Scoteasi al nembo annunziator di guerra.

Sparve la gloria di quei dì!.... Col senno
Riponiamci in altezza; altrui si mostri
Che d'Annibale o Brenno
Non seguiam l'arti, che virtù natia
Porge alimento a' miti ingegni nostri,
Che forte è l'alma, che la mente è pia.

Tolte le basse gare, in noi si cerchi
Il vero, il grande, e delle stranie fonti
Il velen non soverchi
L'umor che abbonda da' natali rivi:
Leviam, leviamo le avvilite fronti;
I nostri spirti la speranza avvivi.

Raggio di speme la terrena argilla
Spesso suscita all'opra: un giorno tutti
Dall'Alpi estreme a Scilla
Risorgeremo a più beate sorti:
Sa menar questo suolo anco i suoi frutti,
Questa terra non è terra di morti!

Ode XII

LA POESIA.

Se nobile disdegno
Te non rattien, se schiva
Non sei d'un plettro indegno,
Spirami l'aura tua che l'estro avviva,
Fa che la voce mia
Alto di te favelli, o Poesia.

So che scacciata in bando
Dal tuo diletto nido,
Spettacol miserando,
Erri deserta per l'ausonio lido;
Va non però men bella
Splende sul capo tuo l'antica stella.

Il tuo manto regale
Lacero in ver si mostra,
Ma non ti tarpa l'ale,
Te non fa schiava la vergogna nostra;
Nelle tue luci oneste
Si pare ancor l'origine celeste.

Nata con l'uomo, accesa
Ne' cantici divini,
La fiamma tua sorpresa
Non fu da nebbia e non trovò confini:
Sol per l'acheo terreno
Folgoreggiava di maggior baleno.

Poi fra quest'aure molli
Apristi 'l dolce riso,
E su i latini colli
Si mostrò più leggiadro il tuo bel viso,
Quando nell'idïoma
Suonasti, o Dea, della vittrice Roma.

Alfin del sì gentile,
Vaga la lingua nacque:
Tu non l'avesti a vile,
Anzi cotanto sua beltà ti piacque,
Che desti 'l primo vanto

Dell'Alighieri e del Petrarca al canto.

Allor maestra e donna
Surse l'itala terra,
Ch'or neghittosa assonna,
O sconoscente le sue glorie atterra;
E 'n tanto onor levossi,
Che il mondo innanzi a lei muto inchinossi.

S'udia per piagge amene
Il canto de' pastori,
E le rustiche avene
Colsero guiderdon di mirti e allori:
Rideva il mar vicino
Delle Sirene al modular divino.

Altri l'epica tromba
Suonò degna d'eroi.
Così che ancor rimbomba
Fatto immortale il nome suo tra noi,
E di Torquato altero
L'italo suolo non invidia Omero.

Ma come della valle
Vapor sorge repente,
E su le apriche spalle
Posa de' verdi poggi al verno algente,
Così del fango sorta
Boreal nebbia nostre glorie ammorta.

Non più di lauri e rose
Ti fai corona al crine,
Ma un serto ti compose
L'età novella d'irti bronchi e spine;
Sotto limpido cielo
Ti fanno ingombro orride nubi e gelo.

Ma non temer: celata
Sotto barbara vesta
Sarai per poco; ornata
Di tua bellezza leverai la testa:
Vero valor non cade,
E tue son pur quest'itale contrade.

Deh! non fuggirti, o Dea;
Da queste vaghe sponde;

Di tua dolcezza bèa
Qualche gentil ch'al tuo chiamar risponde;
Sorridi a chi t'onora,
E del novo trionfo aspetta l'ora.

Ode XIII.

LA LINGUA.

Alta la notte rema
Già su la terra stanca,
Nè perchè il dì si spegna
La crudel guerra manca
Che va spargendo i mali
Fra i miseri mortali.

Altri che inteso ha l'arco
A scellerate voglie,
D'empie speranze carco
Vani tesori accoglie,
Alla rapina intende
Cúpido, e la man stende.

Ai genïali letti
Altri la pace invidia,
E, in cerca di diletti,
Onor, virtute insidia,
Nè ad appagar sue brame
Stima alcun mezzo infame.

Ma Dio, che legge intanto
In core a' sozzi vermi,
Versa sovr'essi '1 pianto,
Li fa dolenti, infermi
E la vergogna e il lutto
Son della colpa frutto.

Al raggio amico io seggo
Della notturna lampa,
Le antiche geste leggo,
Ed il mio seno avvampa
Nel sollevar la mente
Dalla viltà presente.

O Studio la favella

Gentil d'Italia mia,
Casta, soave, bella,
Feconda d'armonia,
Di numeri eloquenti,
De' più leggiadri accenti.

Nè i miei pensieri adesca
De' novator l'ardire,
Che i meno cauti invesca
Cui non grava avvilire
L'italo stile, e insani
Corrono a' fonti estrani.

Rio da petrosa sponda
Chiuso sovente ho visto
Menar limpida l'onda;
A impure acque commisto
E forza pur ch'egli abbia
Limacciosa la sabbia.

Marcar novelli modi
Da straniero linguaggio
Sien pure ambite lodi
Di chi si crede saggio
Perchè con plauso accolto
Spesso è dal volgo stolto.

Io nelle prische carte
Rivestirò il pensiero,
Ch'ivi natura ed arte
Posero il magistero,
Nè i modi almi soavi
Rinnegherò degli avi.

O schiava itala terra,
Serba la lingua almeno!
Non è la patria a terra,
Non è il servaggio pieno,
Fin che da noi si mostra
Che la favella è nostra.

Delle vetuste glorie
Questa rimanci sola:
Se i regni, le vittorie
A noi la sorte invola,

Suoni almen nel lamento
Il grave itale accento.

Ode XIV.

LA PACE.

Delle dovizie alla superba febbre
Che ne' malvagi alligna,
Alzi le grida forsennate ed ebbre
Cieca turba maligna

Che in plausi irrompe ove per forza o frode
Sorga possanza, e oscena
Morde chi pago d'innocente lode
I desiderii affrena.

Colà dove il ruscel col piè fugace
Bagna l'amena sponda
M'assido, e l'alma travagliata ha pace
Al mormorar dell'onda.

O bella Pace, in tacita campagna
Tu arridi a cor gentile
Che al tumulto s'invola, e non si lagna
Di sua fortuna umile.

Frema d'armi la terra ed il crudele
Marte palleggi l'asta,
Tu sempre sei cortese al tuo fedele
Della tua gioia casta.

Per te freddo timore unqua non m'ange,
Limpido il ciel risplende
Sul mio capo, ed un ben che poi si piange
Mai di sè non m'accende.

Quando il sol cade e l'amorosa stella
Sorride in occidente,
Un amico pensiero mi favella
In cor soavemente.

Penso ai giorni trascorsi, a le serene
Gioie de' miei prim'anni;
Oblio del mondo la fallace spene,
I timori, gli affanni.

Tutto tace d'intorno: ecco improvviso
La Dea mi posa accanto,
Di rossor pinta nel virgineo viso,
Avvolta in bianco ammanto.

Dal crin diffuso e dalle ricche vesti
Spira dolce fragranza;
Il pudor delle sue forme celesti
Ogni beltade avanza.

Sull'omero la man mi posa, e molle
Le luci 'n me dechina:
Mia mente innamorata al ciel s'estolle,
Quasi fatta divina.

Schiude il labbro a un sorriso, e dice cose
Ignote ad uom che tardo
A terra mira, e alle bellezze ascose
Mai non solleva il guardo.

Oh infinito diletto! Oh fortunato
Chi questi beni apprezza,
Chi fugge, pago di tranquillo stato,
Ogni superba altezza!

Chi nel silenzio ad ardui voli adusa
Il robusto intelletto;
Chi non ambito guiderdon ricusa
Con magnanimo petto!

Non calmi no se avare a me di laude
Saran le turbe infide:
Lo stolto il ver non ama, al falso applaude;
Lo stolto a' vati irride.

Ode XV.

LA SAPIENZA.

In gota giovanile
Dolce è veder la porporina rosa
Mista ai bianchi ligustri, e il sen gentile
Su cui candido vel leve si posa;
Mirar gli sguardi onesti
D'un riso al lampeggiar fatti celesti.

Ma bellezza terrena
Ratto s'invola al varïar degli anni,
E il mondo dietro la ridente scena
Infido asconde lacrimosi inganni,
E da leggiadro aspetto
Fuggon, se mesto è il cor, grazie e diletto.

Solo se la favilla
Di ciel che in noi si chiude ergesi altera,
Sdegna le basse strade, a la tranquilla
Sede poggiando ove il saper s'invera,
Oltre l'età si spinge,
E di luce perenne il crin ne cinge.

Predar lidi remoti.
Far dome genti, e contrastato impero
Su popoli fondar barbari, ignoti,
Vagheggia uso al pugnar spirto guerriero;
Ma fama che dal sangue
Nasce, pura non splende e tosto langue.

Del carro trionfale
Vola dietro le ruote un indistinto
Gemere ed imprecar sopra il mortale
Che l'oppresso fratel di ferri ha cinto;
Bestemmian spose e figli
Del predatore i dispietati artigli.

Sovente il vulgo insano
Alza le grida a cielo ed inni intuona
A chi surse calcando il sangue umano;
Ma trema a lui sul capo la corona:
Ei gli occhi atterra, e desta
Una furia ha nel sen che lo funesta.

Ma chi per innocenti
Studi dilata della mente il regno,
Non ode intorno disperati accenti,
E trionfar ben può del chiaro ingegno
Che il suol natale onora,
E nostra inferma umanità ristora.

Cadder di Sparta e Tebe
Le moli glorïose, e vile armento
insulta ignaro alle deserte glebe

Che già sparsero intorno armi e spavento,
E sovra gli ermi sassi
Pensoso arresta il vïatore i passi.

Ma la canora tromba
Del gran cieco Smirnèo, domata l'ira
Del tempo struggitore, ancor rimbomba
Dopo mille anni e mille e' vati inspira;
Verde è la lieta fronda
Che il capo venerato a lui circonda.

Vivon l'opre sudate
Di tanti sommi, e contro lor si frange
Il furor dell'invidia e dell'etate;
Ancor la patria li rammenta e piange,
Nè fia spenta lor gloria
Fatta immortal dalla non compra istoria.

Raggio di ciel disceso,
Sapïenza, tu sola eterna vivi:
Felice inver chi d'alta fiamma acceso
Sa dissettarsi a' tuoi profondi rivi!
Misero chi non vede
Il tuo fulgore, e da te volge il piede!

Come il re della luce
Deh splendi sull'Italia, e la fa bella!
Fuga, o Diva, da lei la notte truce,
Suscita questa donna or fatta ancella;
Porgile mano amica,
E la ritorna alla grandezza antica!

Ode XVI.

IL PASSEGGIO.

Allor che il sol declina
Nel limpido occidente,
e l'aura vespertina
Spegne la vampa ardente
Del dì che in ogni fibra
Vivide fiamme vibra;

Di popol spensierato
S'empion le anguste strade,

Che giulivo e beato
E fôri e trivi invade,
E desïoso gli occhi
Figge negli aurei cocchi

Di tal che, dianzi al remo,
Per tenebrosa via
È già salito al temo
A governar la pia
De' suggetti famiglia
Che all'obbedir s'appiglia;

Di tal che asceso è in fama
Per avvenente sposa,
E felice si chiama
Or che molle riposa
(Non più a' fratelli eguale)
In serico guanciale;

Di tal che avito censo,
Fatto usuriero, accrebbe,
E patrimonio immenso
Da turpe industria s'ebbe:
Venir brama in altezza,
E l'odio altrui non prezza;

Di tal che in ira un giorno
A tutti, o d'opre ignote,
Or folgoreggia adorno
Per acquistata dote
Che a lui fruttâr gli amplessi
Per danaro concessi.

Fra lo stridor gravoso
Delle rote volanti,
Io tacito e pensoso
Medito acerbi canti,
Ma che romper non ponno
Di questa plebe il sonno.

Vorrei levar di terra
Tanta virtù mendica,
Cui fa implacabil guerra
E miseria e fatica,
E dar qualche ristoro

All'utile lavoro.

So che alla turba oppressa
Non cangerò la sorte,
Nè il canto mio s'appressa
Alle dorate porte
De' marmorei palagi
Ove 'l vizio è fra gli agi.

Pur canterò: non curo
Favor che d'alto scenda,
Sol ch'io di viltà puro
Le voglie al giusto intenda....
Ira, che in sen m'avvampi,
Cerca gli aperti campi.

Sovra i ridenti prati,
Su le dolci colline
Spiro i placidi fiati
Dell'ôre vespertine,
Fra il povero che invola
La grama famigliuola.

Al severo cipiglio
Di chi succhiògli 'l sangue,
E ch'or non volge il ciglio
Al misero che langue,
Perchè non ha la vesta
Di seta e d'ôr contesta.

Le adorne vie fangose
Il piede mio non calca,
'Ve s'aggiran fastose
Fra la spregiata calca
L'impudenza, e l'acerba
Nobiltate superba;

Dove i mercati onori
Con oscena baldanza
Copron di lor colori
La colpa e l'ignoranza;
Ove virtute, ingegno
Muovon col pianto a sdegno.

Alla città proterva
Fremendo il tergo volga

Chi l'alma non ha serva,
O franco il labbro sciolga
E, con secura faccia,
Intuoni una minaccia.

Ode XVII.

IL TEATRO.

O di fervidi ingegni
Italia alma nudrice,
Glorïosa tu regni
Per la fiamma celeste inspiratrice
Onde sei piena, e grande
Il tuo nome fra' popoli si spande.

Vôlta a' tranquilli studi
Di Pallade severa,
Forte combatti e sudi
Per aver grido eterno e fama intera;
Chè non ponno i mortali
Batter senza fatica in alto l'ali.

Tu, dell'arti sorelle
Fida custode amica,
Rinnovar sai con belle
Opre le geste de l'etade antica,
E sanno i figli tuoi
Che l'italo terren culla è d'eroi.

In te dell'alta Euterpe
La facile armonia
Soavemente serpe,
O sublime si schiude eterea via,
E coi canori modi
Nuovi lauri t'appresta e nuove lodi.

Dall'Adige al Sebeto
Lei tutta gente onora,
Per lei si fa più lieto
Questo vago giardin cui tutto infiora,
Cui 'l firmamento è un riso,
E la terra ferace un paradiso.

Ed oh! così prostrata

A' vezzi suoi non fosse
La diva arte beata
Che il rozzo mondo dal torpore scosse,
La poesia che accende
A forti imprese, ed immortale splende!

Oimè! barbara scola
È d'oltremar venuta,
Ch'a noi la palma invola,
Ed i costumi incrudelisce e muta,
Ed ha fra noi rideste
D'Atreo le infami cene e di Tieste.

D'Artin la dolce lira
Inimitabil, pura,
Non più noi vati inspira,
Noi degli uomini un tempo amabil cura;
Ma gli occulti veleni
Cantan oggi le Muse e i falli osceni.

Opre d'infida moglie,
Scelleranze nascose
Destan perfide voglie
Nel vergin cor di semplicette spose,
E di dolcezza aspersa
Non fa orrore la colpa ed imperversa.

La gioventù sorride
Alla bugiarda scena,
E la virtù deride
Mentre abborre il pudor che l'incatena,
E nel paterno tetto
Reca i muti rancori ed il sospetto.

Cessi tanta vergogna
Che civiltà deturpa:
Mal favoleggia e sogna
Error malnato che l'impero usurpa;
Sempre funesto esempio
Fûr l'ire atroci, e 'l tripudiar dell'empio.

A più santo costume
S'aprano alfine i petti;
Ne sia maestro il lume
Che dal ben move, e solo il ben ci alletti;

Strappinsi almeno i figli
All'esca ingannatrice ed a' perigli.

Il buon cultor s'imiti
Che sterpa i vani bronchi,
Che con gli olmi mariti
Regge alle viti i tortüosi tronchi.
Che la benefic'onda
Sparge sui campi ed il terren feconda.

Ode XVIII.

L'EDUCAZIONE.

Invan sorride, invano
Largo il cielo a' mortali: ove non giunga
Saggia e pietosa mano
Che tempri i caldi affetti, i tardi punga,
Inutile è 'l suo dono, e tosto in seno
La cara pianta di virtù vien meno.

Oimè! del senno antico
Miro negletti i fonti, e l'età nuova
Non mostra il volto amico
All'esempio degli avi! Or sol ne giova
Stolti seguir quel che in estrania riva
Nasce, e aspettato a' nostri lidi arriva!

Del latino idioma
Grato a non guaste orecchie, or più non s'ode
Il maschio suon; di Roma,
D'Atene è spenta la gentil melode;
L'itala poesia già mozzo ha il crine,
E si veste di foggie pellegrine.

Nell'aule de' potenti,
Che in braccio a faticoso ozio mai sempre
Traggono i dì, non senti
Un italico detto; in aspre tempre
Suonan barbare lingue, ed obliata
De' padri è la favella intemerata.

Del ver la voce santa
Rado là dentro ascolti, e di sue fole
Vago mastro l'ammanta,

Leve testor di galliche parole;
Onde Sofia, non più reina, tresca
In corta gonna quasi vil fantesca.

Di perigliosi balli
Ivi l'arte s'impara, e guidar cocchi,
Ed infrenar cavalli,
E atteggiar la persona e volger gli occhi,
E fingere il pudor là dove è morto,
E scaltro riso e favellare accorto.

O prischi itali petti,
O romane incorrotte alme sdegnose,
Sacri felici tetti,
Culla a forti guerrieri, a fide spose,
Ove ne andaste? Perchè a' rei nipoti
Son di gloria, d'onore i nomi ignoti?

Il cittadin ch'estolle
Ai grandi 'l guardo e a sè di lor fa speglio,
Apprende il viver molle,
Al peggio inchina e chiude gli occhi al meglio;
Il fasto inerte, il viver empio imita,
E improvido alla colpa i figli invita.

Quindi ogni legge vana,
Smodate voglie, ambizïon crudele;
Quindi la plebe insana,
Ch'empie tutto di furti o di querele;
Quindi i patti disciolti,
Le man sanguigne, impalliditi i volti.

O patria mia, d'armati
Scese dall'Alpe un dì torbido fiume,
Che i tuoi campi beati
Devastò, spense il mite aureo costume;
Ma pur ti rimanea ne la sventura
Intelletto non servo e lingua pura.

Or più malvagia peste,
O sciagurata, le tue terre invade;
Furia in sembianze oneste,
Archi non tende, non brandisce spade,
Ma dolcemente di venen t'infetta...
E tu, cieca, non sorgi alla vendetta?

Padre del ciel, deh purga
Dalla lue maledetta il mio bel nido;
Fa che Italia risurga
In sua grandezza; a me rafforza il grido,
Sì ch'io svegli costei che neghittosa
Il capo stanco su le coltri posa!

Ode XIX.

LA LODE.

Del torbido Anïene
Su le deserte sponde,
Ove del Tebro viene
A perdersi nell'onde,
Fra le zolle infeconde
Io seggo addolorato,
Vôlto al tempo passato.

Qui dove solo il lento
Bove protende 'l muso,
Ed il lanuto armento
S'addossa in grembo al chiuso,
Crescea di guerre all'uso
In Antenna vetusta
La gioventù robusta.

Alla palestra, al salto
Qui s'addestrava, all'armi;
Qui si levaro in alto
Templi, colonne e marmi:
Là sovra il colle parmi
Ancor sorgere ardita
L'ampia città turrita.

Ma chi dipinge a un tratto
Alla rapita mente
Le grida, il volar ratto
Di soldatesca ardente
Che, nel ferro lucente,
Colli e pianure invade
Fra il cozzo delle spade?

Il veggo, io lo ravviso
Dell'elmo all'irta chioma,

Al formidabil viso....
È il regnator di Roma,
Che ancor da lui si noma....
Rimbomba per le valli
Suon di trombe e cavalli.

L'oste somiglia a flutto
Che sul lido si slancia;
Tutto già piega, tutto
Alla romana lancia;
Nè di pietà la guancia
Pinge, nell'ira atroce,
Il vincitor feroce.

È sogno il mio? Caduta
È Antenna, e rasa al suolo:
Solitudine muta
Qui sta, muto sta il duolo:
Su questi campi al volo
L'ali dispiega torvo
E dispettoso il corvo.

Or superbite, o forti
Cui fa temuti l'oro!
Invan vi fate accorti
Nell'ammassar tesoro:
Caggion gl'imperi, in loro
Ancor quel germe regna
Che la lor fine segna.

Sin le città più altere
Piglia l'etade a scherno:
Solo virtù non pêre,
E lascia il nome eterno.
Moderator superno
E dell'uman legnaggio
Un Dio possente e saggio.

Noi popoli redenti
Dal Sangue dell'Agnello,
Perchè viviam dolenti
Qui nel terreno ostello?
Perchè facciam sgabello
Del capo degli oppressi
Per sollevar noi stessi.

Voi, cui donò la sorte
D'aure e di gemme copia,
Spezzate le ritorte
Alla gemente inopia.
Ah! mal per voi s'appropia
Al patrimonio immenso
De' poverelli 'l censo.

L'uom che al tapino ignudo
Porge amorosa mano,
Che all'innocenza è scudo,
Che piange al pianto umano,
Non sarà grande invano:
De' benéfici 'l grido
Vola di lido in lido.

Io pur, desta la lira
Esalterò quel prode;
Vôlta in amore l'ira,
Con più gentil melode
Favellerò di lode:
Farò col canto mio
Plauso a' potenti anch'io.

E il postero più tardo
Dirà: – Fu giusto il vate:
Non inchinò codardo
Chi ha mani insanguinate;
Cantò l'opre onorate
Di chi versò l'argento
Sul povero contento. –

Ode XX.

IL SILENZIO.

Torna ridente maggio,
Cinto di rose il crine;
Del Sole il terso raggio
Indora le latine
Vitifere colline:
Fior persi, azzurri e gialli
Rivestono le valli.

Perchè, sdegnosa lira,

Oggi non levi un canto?
Or la stagion t'inspira:
Spoglia il lugubre ammanto,
Déstati, anela al vanto
Di far novo tesoro
Dell'immortale alloro.

Sorgi: la vita è breve,
Rapido il tempo vola;
Deh sorgi.... un dolor greve
A me le grazie invola
E la non vil parola....
In me dell'estro il foco
Spento sarà fra poco!

Lasso, ne' miei primi anni
Sperai venire in fama;
Sentia robusti i vanni,
M'ardea non umil brama:
Or gloria a sè mi chiama,
Ma della cetra sorde
Non rispondon le corde!

Trovai scarso l'ingegno
A la difficil opra;
Il mondo m'ebbe a sdegno,
E in me suoi dardi adopra.
Chi tenta andar di sopra
Alla schiera volgare,
S'appresti a guerre amare.

Troppi son or gli stolti
Che mai non furon vivi;
Un detto non ascolti
Che da virtù derivi:
Solo a possanza arrivi,
Se glorïando il forte
Compri al pensier ritorte.

Chi spende in vezzi osceni
La svergognata musa,
Chi agl'idoli terreni
Incensi non ricusa,
Splende per oro, e schiusa
Ad ogni onor la porta

A bieche opre l'esorta.

Talun vid'io salito
Fin presso al regio soglio,
Mostro da' buoni a dito
Per indomito orgoglio,
Perchè di pietà spoglio
Trasse con empio inganno
Lucro dal comun danno.

No: se così si merca
Oggi fra noi la gloria,
L'anima mia non cerca
La codarda vittoria.
Favellerà la Storia,
E con stile sincero
Riporrà in seggio il vero.

Corone vuol di mirto
Il mobil vulgo ignavo:
Non dee libero spirto
Viver fra schiavi schiavo:
Secol venduto e pravo
Il suono non impetra
Di generosa cetra.